J. COLLE.

AUX

DEUX SOEURS DE CHARITÉ

DE FRANCE

Visite faite à Amiens

PAR

LEURS MAJESTÉS IMPÉRIALES

(1867)

PARIS

IMPRIMÉ CHEZ A. PILLET FILS AINÉ
5, RUE DES GRANDS-AUGUSTINS

1868

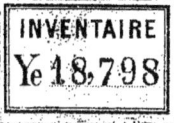
J. COLLE.

AUX

DEUX SOEURS DE CHARITÉ

DE FRANCE

Visite faite à Amiens

PAR

LEURS MAJESTÉS IMPÉRIALES

(1867)

PARIS

IMPRIMÉ CHEZ A. PILLET FILS AÎNÉ

5, RUE DES GRANDS-AUGUSTINS

1868

VISITE FAITE A AMIENS

PAR

LEURS MAJESTÉS IMPÉRIALES

Quelle fièvre te prend? quelle étrange allégresse
Éclate dans ton sein, oublieuse cité?
Pourquoi ces chants de fête éclos dans la tristesse,
Ce délire bruyant par le deuil enfanté?
Hier, le front penché, pensive et solitaire,
De ton cœur ulcéré comprimant les soupirs,
Tu vidais tristement, comme une veuve austère,
La coupe des regrets et des noirs souvenirs.
Tu songeais, en pleurant, à ce monstre effroyable
Dont l'ombre sur tes murs, hélas! se dresse encor,
Qui, durant quatre mois, terrible, impitoyable,
Fit pleuvoir sur ton front la douleur et la mort;
A ces fils, ces époux, ces amis et ces frères

Arrachés au bonheur, à la vie, à l'amour ;
A tant de nœuds brisés, de rêves éphémères,
A tant d'espoirs, hélas ! envolés sans retour.
Et voilà que soudain ton ciel sombre s'étoile,
Qu'un éclair radieux illumine tes pleurs ;
Que ton regard sourit, que ton front se dévoile,
Couronné de rayons, de concerts et de fleurs !
Ah ! les morts passent vite !... O viscère d'argile,
Cœur humain, cœur pétri d'égoïsme et d'oubli !
Ah ! que le souvenir est un lien fragile
Entre l'homme vivant et l'homme enseveli !
Mais la clameur redouble ; une fièvre électrique,
Dans tous les cœurs allume un délire sans nom ;
Les houras, les vivat, en salve frénétique,
Se marient dans l'air aux salves du canon.
Des clochers ébranlés la fanfare s'élance
Vive et retentissante à tous les coins du ciel,
Et l'antique beffroi, sorti de son silence,
Ajoute sa voix grave à l'hymne universel.

Ah ! tout s'explique enfin à ma censure injuste :
Au lieu de critiquer je m'incline confus,
Et moi-même saisi par ce courant auguste
Qui précède dans l'air les hôtes attendus.
Le cortége s'avance. — Il apparaît, il passe !..
Tous les bras sont levés, tous les cœurs attendris ;

Les drapeaux éclatants s'agitent dans l'espace
Au sein d'un ouragan de transports et de cris.

Salut à l'Empereur, l'âme de la patrie,
L'astre vivifiant, le grand foyer sacré
Qui projette sur tous la lumière et la vie !

Salut à l'Empereur, au pilote inspiré,
Au sage matelot qui, de l'onde mobile
Conjurant les écueils, dirige vers le port
Le vaisseau confiant dans sa manœuvre habile !
Salut à l'Empereur, au bras viril et fort
Qui rendit sa couronne à la France avilie
Et lui remit en main un sceptre sans rival !
Au vainqueur de Crimée, au héros d'Italie,
Au vaillant capitaine, à l'émule, à l'égal
De ces chefs immortels que la main de l'histoire
Dresse en face des temps sur un socle d'airain !
Salut à l'Empereur, favori de la gloire,
Philosophe profond, admirable écrivain,
Qui, brillant tour à tour par la plume et l'épée,
Enfante les hauts faits qu'il retrace avec art,
Et mêle sur son front, double et rare trophée,
Les palmes de Tacite aux lauriers de César !
Salut à l'Empereur, au prince magnanime
Qui, sachant la victoire asservie à ses lois,

La repousse et lui dit : Va, la guerre est un crime
Et ses lauriers d'un jour brûlent le front des rois !
Malheur aux conquérants! Les moissons de la foudre
Échappent au soleil qui féconde et mûrit.
Un instant les voit naître et, réduites en poudre,
S'évanouir avec le vent qui les surprit.
Rien de stable et de pur n'éclôt dans la tempête :
Tout flot, si fort qu'il soit, a son reflux fatal.
Il est temps que le faible enfin lève la tête ;
Qu'un autre droit succède au vieux code brutal.
Il est temps de briser ces funestes barrières
Que heurte en son essor l'aile du genre humain.
Il est temps de crier au-dessus des frontières :
Peuples, relevez-vous et donnez-vous la main !
Que partout et pour tous la lumière se fasse ;
Que nul recoin obscur n'échappe à son rayon :
Que la perle du fond remonte à la surface,
Que le vice honteux rentre dans son limon.
Que, d'un bras indigné, la raison souveraine
Fouettant les abus, balayant sans pitié
Le champ vaste où l'erreur parasite se traîne,
Livre au labeur humain un sol purifié ;
Et que la Paix enfin, ouvrant ses blanches ailes,
Des sereines hauteurs qu'éclaire un nouveau jour
Répande sur la terre, en moissons éternelles,
L'or, les fleurs, l'harmonie, et le calme, et l'amour.

Magnifiques accents! noble et touchant langage
Par le monde attentif longuement applaudi.

Mais quittons un instant l'arbre au puissant feuillage,
Pour le lis éclatant qui brille auprès de lui.

La voici… toujours jeune et belle et gracieuse !
Ah ! qu'on ne dise plus que d'ennuis, de chagrins
Le trône est entouré, que la couronne creuse
De précoces sillons le front des souverains.
Il faut croire plutôt qu'un heureux privilége
Garde ses traits sereins des outrages du temps ;
Que l'âge, en l'effleurant, d'un souffle sacrilége
N'a point osé ternir l'éclat de son printemps.
Il faut croire surtout à l'auguste mérite
Lointain rayonnement de la Divinité,
Et que l'âme, en perçant le voile qui l'abrite,
En reflets éternels y grave sa beauté.
La voici… Saluons… Vive l'Impératrice,
Mère, épouse pieuse et femme au noble cœur !
En la voyant le pauvre a dit : Ma bienfaitrice !
Ma mère, l'orphelin ; les malades, Ma sœur !
Ma sœur ! Oh ! ce doux nom pour la foule effarée
Fait revivre un touchant et lugubre tableau !…

Amiens se débattait convulsive, éplorée,

Sous les coups meurtriers d'un horrible fléau...
Le deuil était partout : partout la mort hideuse
Promenait son courroux. De la ville au faubourg,
Elle allait, dévastant d'une main furieuse
Les épis verts encore et les fruits nés d'un jour.
A force de pleurer, les cloches désolées,
Hélas ! étaient sans voix. Elles comptaient tout bas,
Sur la route qui mène au champ des mausolées,
Les ombres qui passaient et ne revenaient pas.
Ici, là-bas, partout le chant des funérailles !
Sur leurs bêches courbés, pareils à des hiboux
Qu'une expirante proie attache à ses entrailles,
Les sombres fossoyeurs percent, la nuit, les trous
Que le jour doit combler... Sans trêve, sans relâche,
Dans l'ombre qui les couvre, ils luttent de labeur
Et ne peuvent suffire à leur lugubre tâche.
En vain, pour arrêter l'orage destructeur,
En sublimes efforts partout l'art se prodigue ;
En vain la Charité, redoublant de ferveur,
Veut à son cours funeste opposer une digue.
Il passe irrésistible et brise avec fureur
Tous ceux qu'un zèle saint jette sur son passage.

Alors, Madame, alors un miracle d'amour
Mit une étoile blanche aux flancs noirs du nuage
Et vous fit à nos yeux deux fois reine en un jour.

Alors, quittant Paris et les pompes du trône,
Et le Louvre splendide, où votre auguste époux
Chercherait vainement, autour de sa couronne,
Une perle qui vaille un sourire de vous,
Et cet enfant si beau que la France vénère,
Astre d'or souriant au ciel de l'avenir,
Qu'elle nomme son fils et qui sera son père;
Alors, ô bonté sainte, on vous vit accourir,
Tendre vers nos malheurs une main généreuse,
Et, sans craindre la mort qui vous heurte en chemin,
L'œil brillant, le front haut, superbe, impérieuse,
Dire au fléau vaincu : Tu n'iras pas plus loin.

L'hospice regorgeait d'une pâle cohue
Qui venait là se tordre un instant et mourir.
Les malades à flots y venaient de la rue,
Et l'on voyait les morts par troupeaux en sortir.
Soupirs, larmes, sanglots et plaintes lamentables
Râlaient en ce séjour, incessants et cruels.
Là, la Peste, agitant ses ailes redoutables,
S'exhalait nuit et jour en miasmes mortels.
Oser franchir le seuil de cet asile sombre,
C'était braver le ciel et marcher au trépas.

Ce fut là cependant, vers ces périls sans nombre,
Qu'en touchant notre sol se portèrent vos pas;

Ce ut là qu'imitant ces vierges héroïques,

Qu'un zèle surhumain enchaîne à la douleur,

Ce fut dans ce foyer d'effluves morbifiques

Qu'on vous vit apparaître, et, calme, sans frayeur,

Interroger les uns, dire aux autres : Courage!

Puis, avec cet accent doux comme un chant du ciel,

Offrir en souriant le propice breuvage

Dont votre main habile a corrigé le fiel,

Rendre le jour aux yeux voilés par l'agonie,

Réchauffer dans vos bras les pauvres corps transis,

Et rappeler enfin à l'espoir, à la vie

Tous ceux que la terreur du trépas a saisis!

Mais ici ma main tremble et ma plume s'arrête.

De ces touchants tableaux où prendre les couleurs?

Il me faudrait la voix puissante du poëte,

Et mes faibles accents s'éteignent dans les pleurs.

Oh! de grâce, ces pleurs, acceptez-les, Madame :

C'est l'hommage du cœur, l'encens humide et doux

Qui, modeste, s'échappe, en fontaines, d'une âme

Et, comme un flot mourant, se brise à vos genoux.

Comme vous, dans Marseille, un saint, un prêtre antique*

---

* Belzunce, évêque de Marseille, qui fit preuve d'un si beau dé-
vouement pendant la peste qui ravagea cette ville au commence-
ment du xviiie siècle.

Contre la peste, un jour, défendit son troupeau.
Et les siècles passaient sur sa cendre héroïque,
Et l'herbe se fanait, triste, sur son tombeau !
Mais un poëte* vint qui, d'une main pieuse,
Mit une lampe d'or au chevet du héros.
Le poëte n'est plus, sa voix mélodieuse
A cessé de charmer les terrestres échos.
Mais un autre viendra, Madame. De son aire
L'aigle, un jour, sortira, par le Ciel suscité,
Pour prendre dans son vol votre nom légendaire
Et l'emporter splendide à l'immortalité.

Mais déjà la vapeur hennit impatiente
Et fait trembler le sol sous son sabot d'airain.
Elle fuit, emportant sur sa croupe mouvante
Les hôtes que Paris rappelle dans son sein.
Quand le mourant soleil se dérobe à la terre,
Un jour pâle succède à l'astre qui s'enfuit ;
Puis le calme descend dans l'ombre solitaire
Et la plaine s'endort dans les bras de la nuit.
Ainsi dans les quartiers que la foule abandonne
La fête lentement s'éteint et disparaît ;
Ainsi, comme une vierge effeuillant sa couronne,
De son front la cité détache avec regret,

* Millevoye, auteur du poëme intitulé *Belzunce ou la peste de*
Marseille.

Banderoles, bouquets et guirlandes légères
Qu'emporte dans son vol le vent furtif du soir.
Adieu donc, rêves d'or, visions éphémères;
Sire, Madame, adieu. — Mais non, non, au revoir;
Puisse le Dieu puissant qui veille sur la France,
Pour le bonheur public, prolonger votre sort,
Et, docile à nos vœux comme à notre espérance,
Dans vingt ans parmi nous vous ramener encor !

J. COLLE.

A MADAME CORNUAU [1]

Il est beau de briller par l'esprit et la grâce,
D'être reine au salon, d'être un ange au foyer,
De laisser après soi des parfums où l'on passe,
D'être faite, en un mot, pour séduire et charmer.
Ce brillant apanage est le vôtre, Madame.
Il devait vous suffire, on l'eût cru sans effort,
Et nul ne soupçonnait que dans votre belle âme
Un mérite inconnu pût se cacher encor.
Mais, prompt comme l'éclair, puissant comme la foudre,
De l'Orient s'élance un fléau redouté.

[1] Morceau publié dans le *Journal d'Amiens,* le 26 août 1866, jour de la remise de la médaille commémorative offerte à madame Cornuau par la ville d'Amiens, pour son admirable conduite pendant l'épidémie cholérique de 1866.

Il abat, il moissonne, il roule dans la poudre
Des victimes sans nombre au sein de la cité.
Hommes, femmes, enfants, à sa rage cruelle
Tout est sacrifié... La Mort sur chaque seuil,
La faulx en main, se dresse, horrible sentinelle...
Partout des pleurs, partout sur le bois du cercueil
Le bruit sourd des marteaux résonnant dans le vide...
L'effroi, le pâle effroi vient en aide au fléau,
Sur les fronts abattus étend sa main livide,
Et se fait à son tour pourvoyeur du tombeau.
Ah! comment arrêter dans sa marche implacable
Ce désastre effrayant!... Le Ciel seul le pourrait,
Et le Ciel, imploré, demeure inexorable...
Mais, j'accuse, ô mon Dieu, lorsque ma voix devrait
Vous bénir...

En effet, ô consolant prodige !
A travers les quartiers de la morne cité
Une femme s'avance et, calme, se dirige
Vers l'hospice lointain par la peste habité.

De grâce, n'entrez pas dans cet asile sombre,
Des sujets de la Mort funèbre rendez-vous.
Fuyez ce lieu, Madame, un spectre y dort dans l'ombre;
Au nom de votre enfant, au nom de votre époux
Dont vous êtes l'orgueil, dont vous faites la joie,

Aux fureurs du fléau ne vous exposez pas !
Ne livrez pas au monstre une si noble proie !
Retournez, par pitié, retournez sur vos pas !

Mais le souffle puissant de la charité sainte,
D'un zèle surhumain fait palpiter son cœur,
Et chasse devant lui ces raisons que la crainte,
Comme une vaine poudre, oppose à son ardeur.
Du même pas alerte, elle entre dans la salle
Où la peste a couché sa pâture d'un jour ;
Auprès de chaque lit, pieuse, elle s'installe,
Partageant entre tous, prodiguant tour à tour
Ses soins les plus touchants, sa plus douce parole ;
Et bientôt, ô spectacle étrange et merveilleux !
Aux accents de sa voix qui ranime et console,
Au contact de sa main, au rayon de ses yeux,
L'espoir dans tous les cœurs renaît sur son passage,
Semant autour de lui la force et la santé.
Si quelque malheureux, par son noble courage
Aux étreintes du mal vainement disputé,
Succombe, en la voyant comme une ombre légère
Se pencher sur son front, il pense que du ciel
Un ange est descendu pour fermer sa paupière,
Et, tranquille, s'endort du sommeil éternel.

On vante ces guerriers qui, bravant la mitraille

Et la lutte sanglante et les feux meurtriers,
Sur les champs dévastés où gronde la bataille,
De la gloire à pleins bras moissonnent les lauriers.
On les honore, et quand, s'échappant des ruines,
La Paix reprend son vol et plane dans les cieux,
Une étoile en tombant sur leurs mâles poitrines
Vient les marquer au front d'un reflet glorieux.
Que font-ils plus que vous, ces soldats qu'on vénère?
N'avez-vous pas comme eux, au péril de vos jours,
D'un ennemi terrible affronté la colère?
Contre la mort comme eux, dans la ville, aux faubourgs,
A l'hospice, partout, n'avez-vous pas, Madame,
Huit semaines durant, combattu sans repos,
Pour nous montrer à tous qu'on peut chez une femme
Trouver le cœur d'un ange et l'âme d'un héros?

O chantre de Belzunce, ombre de Millevoye,
Qu'Abbeville pour fils réclame avec fierté,
Si la Mort en ce jour voulait, lâchant sa proie,
Rendre son divin souffle à ton luth enchanté,
Tu n'irais plus au loin chercher dans la poussière
Un héros enfoui sous la mousse des ans,
Pour suspendre une fleur à son front séculaire
Et rajeunir son nom par l'éclat de ses chants.
Mais pourquoi demander à la tombe un poëte?
Le poëme est tout fait dans les cœurs amiénois

Et la vieille cité prend ses habits de fête,

Pour le chanter en chœur de ses cent mille voix.

Quel poëte d'ailleurs, quel chantre téméraire

Voudrait se mesurer à ce barde puissant ?

Son souffle se perdrait dans le chant populaire,

Comme une larme au sein de l'immense Océan.

J. Colle.

www.ingramcontent.com/pod-product-compliance
Lightning Source LLC
Chambersburg PA
CBHW061508170626
46811CB00004B/1653